W0217741
Retiré des Collections

Viens avec moi au-dessus des plaines
Viens, suivons le chemin des pollens
Viens avec moi saluer le vent
Laisse parler tes sentiments
Viens avec moi voler des mirages
Tout là-haut dans les nuages !

Les éditions 2 Vives Voix sont soutenues
par l'État (DRAC Limousin)
le conseil régional du Limousin
le conseil général de la Corrèze
le CRL en Limousin

Cet album est paru précédemment
aux éditions Milan en 2001, 2004 et 2007.

En hommage à la chanson
Un petit poisson, un petit oiseau
de J.-M. Rivière et G. Bourgeois,
interprétée par Juliette Gréco.

2 Vives Voix Éditions
Hameau de Teillol
19380 ALBUSSAC
www.2vivesvoix.com

Pour entrer en relation avec les auteurs : didierjean-zad@magic.fr
Pour découvrir leur univers : www.didierjean-zad.com
Mise en page : Catt Tournadre (http://catt.ultra-book.com/)

Dépôt légal n°477 - ISBN : 979-10-91081-11-5
Achevé d'imprimer au 1er trimestre 2014 par Maugein Imprimeurs sur papier Condat Silk 170 gr issu de forêts durablement gérées, à l'aide d'encres végétales. Maugein Imprimeurs est adhérent IMPRIM'VERT®
© 2 Vives Voix - Tous droits de traduction, de reproduction et d'adaptation strictement réservés pour tous pays.

collection il était une voix

CUIKOMO

Didier JEAN & ZAD

Retiré des Collections

2 Vives Voix

Lorsqu'il faisait beau, Cuikomo le petit oiseau
aimait voler au-dessus du fleuve, frôler les roseaux,
puis s'envoler sur un courant d'air chaud.

Un jour où Cuikomo s'était posé
sur une branche pour se reposer,
il vit un petit poisson qui hors de l'eau
faisait des bonds.
Il était gai, il était beau et, aussitôt,
Cuikomo voulut en faire son ami.

Mais les oiseaux ne parlent pas aux poissons, et les poissons ne parlent pas aux oiseaux. Il en va ainsi depuis... depuis que la mer est salée, depuis que les éléphants sont gris, depuis toute la vie.
Pourtant, ce petit poisson semblait si gentil que Cuikomo, pour attirer son attention, improvisa une chanson :

Viens avec moi au-dessus des plaines
Viens, suivons le chemin des pollens
Viens avec moi saluer le vent
Laisse parler tes sentiments
Viens avec moi percer le mystère
Qui lie le ciel et la mer !

Viens avec moi au-dessus des plaines
Viens, suivons le chemin des pollens
Viens avec moi saluer le vent
Laisse parler tes sentiments
Viens avec moi voler des mirages
Tout là-haut dans les nuages !

Séduit par ce chant, le petit poisson bondit hors de l'eau en se tortillant.

- Bonjour, poisson ! Quel est ton nom ? demanda l'oiseau.
- Je m'appelle Léon.
- Moi, c'est Cuikomo. Tu veux bien être mon ami ?
- Oh ! J'ai très envie de te dire oui ! répondit Léon.

Pour fêter leur amitié, le poisson invita
l'oiseau à un petit plongeon au milieu
des joncs. Mais Cuikomo ne savait pas
nager, car il avait peur de l'eau...
Alors, l'oiseau proposa au poisson
un petit vol plané au gré des alizés.
Hélas, Léon ne savait pas voler.
Embarrassés, les deux amis s'observèrent
un instant en silence.
Et puis Léon s'écria :
– J'ai une idée, Cuikomo ! Reprends donc
ta chanson, et moi, avec ma bouche,
je jouerai les percussions.

Soudain, un bruissement d'ailes interrompit les musiciens. Une volée d'oiseaux venait de se poser sur la branche à côté de Cuikomo.

- Tu fréquentes les poissons maintenant ? s'écria l'un d'eux.

- Oui, je vous présente Léon, mon nouvel ami.

- Il n'a même pas d'ailes pour voler !
C'est un moins que rien ton copain !
lança un pélican, l'air méchant.
- Allez, Cuikomo ! Arrête de faire l'idiot
et viens donc jouer avec tes vrais amis,
les oiseaux ! ajouta un calao plutôt costaud.

Cuikomo plongea son regard dans l'eau,
au plus profond, là où avait disparu
le petit poisson.
Puis, lentement, il déploya ses ailes
pour suivre ses compagnons.

Léon, lui, était en grande conversation avec ses frères, les poissons.

- Tu es fou de parler aux oiseaux !
- C'est dangereux, les oiseaux !
- Et ça mange des poissons, les oiseaux !
- Mais Cuikomo n'est pas un bandit, c'est mon ami, s'écria Léon. Laissez-moi jouer avec lui !
- Il n'a même pas de nageoires pour nager, et sous l'eau il ne peut pas respirer. C'est un moins que rien ton copain !
- Allez, Léon, arrête de faire le cornichon et viens plutôt jouer avec tes vrais amis, les poissons !

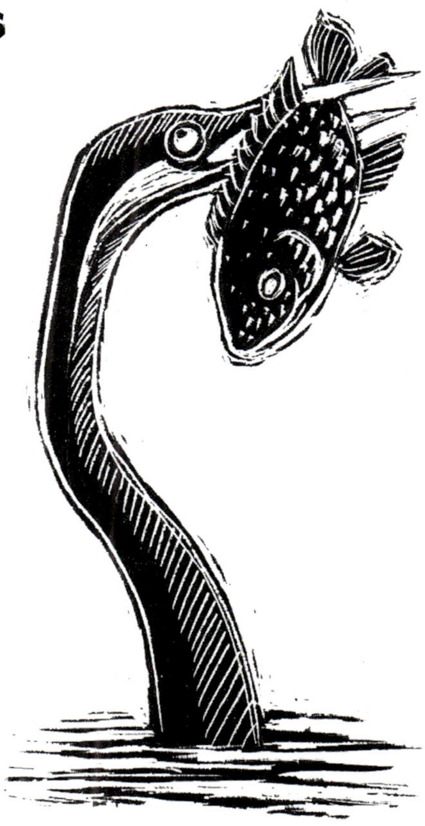

À regret, Cuikomo essaya d'oublier Léon et,
de même, Léon essaya d'oublier Cuikomo.
- Chacun chez soi, comme il se doit...
lui répétaient ses amis les poissons.
Parfois, attiré par un chant qu'il connaissait bien, Léon sortait la tête hors de l'eau et apercevait un petit oiseau planant au-dessus du fleuve.
Au même moment, s'appuyant sur le vent, Cuikomo cherchait du regard le petit poisson, celui qui jouait si bien des percussions.

Le temps s'écoula paresseusement, comme l'eau du fleuve. Chaque jour, les rayons du soleil jouaient à cache-cache avec les nuages. Chaque jour, les chasseurs poursuivaient l'antilope. Chaque jour, la pirogue du pêcheur brisait le miroir de l'eau.
Et chaque soir, Cuikomo s'endormait en pensant à Léon.
« Ah ! si seulement le petit poisson avait eu des ailes... Ah ! si seulement il avait su voler... Mes amis les oiseaux l'auraient accepté. »

Un matin, à l'heure où les chants se réveillent, le petit oiseau eut une idée. Il sauta hors du nid et se rendit chez le petit poisson.

– Tu sais, Léon, j'ai bien réfléchi. Je voudrais apprendre à nager. Seulement, j'ai drôlement peur de l'eau !

– Je veux bien t'aider, mais d'abord tu dois plonger !

Après quelques hésitations, Cuikomo
se jeta à l'eau. Alors, Léon put lui donner
sa première leçon. Il lui montra comment
avancer un peu à chaque coup de queue,
comment glisser son ombre
dans les eaux profondes.
Pourtant, il ne suffit pas de remuer
pour nager et Cuikomo dut s'entraîner
sans traîner.
Parfois il manquait d'air et buvait la tasse,
mais vite il remontait à la surface.
Jour après jour, il apprit à faire corps
avec le fleuve, jusqu'à devenir le fil de l'eau.

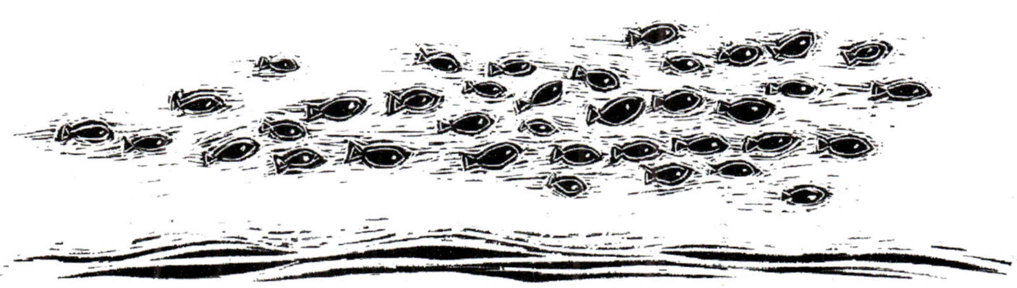

Vous vous doutez bien qu'un jour,
Léon voulut à son tour apprendre à voler.
Ravi, le petit oiseau lui montra
comment s'appuyer sur l'air,
comment devenir l'ami du vent.
Hélas, il ne suffit pas de bouger
les nageoires pour voler et, malgré tous
ses efforts, le poisson ne parvint jamais
à décoller.
Bien sûr, il pouvait faire de jolis bonds
et même jouer à saute-mouton,
mais voler pour de bon,
il n'en était pas question !

La mort dans l'âme, Léon dut se résigner.
Jamais il ne suivrait Cuikomo sur les courants d'air chaud
jusqu'à toucher l'horizon. Jamais il n'apprendrait à percer
le mystère qui lie le ciel et la mer...
À partir de ce jour, Cuikomo cessa de rendre visite à Léon.
Celui-ci eut tant de peine qu'il devint l'ombre de lui-même.
Et le temps s'écoula lourdement,
oubliant le pauvre petit poisson au fond du fleuve.

Pourtant, un matin où l'air était plus clair,
Léon entendit de loin une chanson
qu'il connaissait bien.
Mais cette voix... Oui ! Cette voix...
C'était celle de Cuikomo !
Le voilà qui venait par ici.
Il portait dans son bec agile
un drôle de nid tapissé d'argile.
Il le plongea dans le fleuve
et le remplit d'eau.
Léon comprit alors pourquoi son ami
avait été absent si longtemps.

Sans un mot, le poisson sauta dans cette piscine tombée du ciel et l'oiseau s'envola à tire-d'aile. Ce jour-là, il y eut foule pour admirer Cuikomo et Léon s'élançant sur le vent jusqu'à toucher l'horizon.

Enfin, ils allaient percer le mystère qui lie le ciel et la mer...

Intervenants sur le CD :

Conteuse | Emilie GUYONNET

Chant, percussions vocales | Danielle JEAN

Claviers, sampleurs et percussions | Didier JEAN

Composition, arrangements, enregistrement & mixage | Didier JEAN